おによろし

畑中弘子

てらいんく

おによろし

もくじ

鬼《おに》の助《すけ》

助《すけ》は山からやってきた。
人間どもにわるさをするために。
なにせ、助は鬼《おに》の子だった。
いちばんのわるさをして、りっぱな鬼になりたかった。

村におりてくると、大きなやしきの前に立った。くるりと、ちゅうにまって、
かわいい人間の赤子になった。
ハクレンの花のようなふとんの中で、
フギャー

フギャー
フギャーフギャーと泣《な》きながら、助《すけ》は思った。

――だましてやるんだ。人間なんてちょろいもんよ。

やしきには五才と四才と三才の女の子がいた。

「わあ、かわいいな。わたしはこの子が好《す》きだよ」

「うちもこの子が好きだ」

「あたしもこの子が好き」


助はその家の子になった。

――しめ、しめ。わしはこれで山一番の鬼《おに》になって帰れるぞ。

近くの女のちちをもらって、ばあやにおむつをかえてもらって、ねえやにおんぶをされて、三人の女の子といっしょによくさんぽに行った。

「はやく、大きくおなり。わたしはあんたが好きだよ」

「うちもあんたが好きだ」

「あたしもあんたが好き」

助《すけ》がもうなんでも食べられるようになると、

――人間をくってやろう。一人前の鬼《おに》は人間をくうものだ。

だから、どの子からくってやろうかと考えた。

ところが、女の子たちといつもいっしょの食事《しょくじ》だ。おいしいごはんにおかず。たらふく食べて、おなかがいっぱいになった。もりもり食べる助を見て、女の子たちは目を細めていう。

「わたしはあんたが好《す》きだよ」

「うちもあんたが好きだ」

「あたしもあんたが好き」

それについつい、食べすぎるものだから、人間をくうなんてとてもできなかった。

助が走れるようになった。みるみる村一番のすばしこい子になった。

助が走ると風がまう。まう風は村の子どもたちの足をかるくした。みんなで山をかけ、谷をくだり、尾根《おね》をめぐった。

あんまりおもしろいものだから、村の子どもをくうことなどわすれてしまった。
夜がきて、くやしがっても、つかれきっているので、すぐにねむってしまう。
山から鬼《おに》の親の声がする。
「なにをぐずぐずしてるんだ。おまえのなかまはもうもどってきてるぞ」
助《すけ》は毎日、朝になると思った。
――今日こそはだれかをくってやろう。
――今日こそはだれかをくってやろう。
だが、子どもたちはわらいながらやってくる。
「おら、助が好《す》き」といって、やってくる。
助はまた村の子どもと遊《あそ》ぶのだ。
三人の女の子がどんどん美《うつく》しくなった。
助もどんどんりりしくなった。なにせ、しんは鬼なのだから、どのわか者《もの》よりも力が強く、からだもがんじょうだった。

ある日、

「わたしはあんたが好《す》きだよ」

いちばん上の女の子がそういって、よめに行った。

白いつのかくしに、ほろほろとサクラの花がまっていた。

助《すけ》は上の女の子をとうとう食べることができなかった。

「まだふたり、残《のこ》っているさ」

ひとりごとをいいながら、助はなんだか心がしずんだ。


「うちはあんたが好きだ」

二ばんめの女の子もこういって、よめに行ってしまった。

はなよめのゆられるふねに、さわさわと花しょうぶのかげがうつっている。

助はまた食べることができなかった。

「まだひとり、残っているさ」

ひとりごとをいいながら、助はなんだかさびしかった。

山から鬼《おに》の親の声がする。

「なにをぐずぐずしてるんだ。はやく残《のこ》りのむすめをくって、もどってこい」

「あたしはあんたが好《す》き」

三ばんめの女の子が目をうるませていった。

もえるもみじの下をぽっかぽっか、馬にのって、よめに行く。けれど助《すけ》はやっぱり、食べることができなかった。

――おれはなんと、いくじなしの鬼なんだ。三人もいたというのに、だれもくうことができなかった。山にはきっと一人前になった仲間《なかま》がもどってきているだろう。さかもりをして、楽しんでいるだろう。

わけもなく、さけびたくなった。

うおおーん
うおおーん

さびしそうな助《すけ》のために、大きなやしきの主人《しゅじん》はよめを見つけてきた。かわいいよめだ。助は思った。

――うん、これはいい！　こんどこそ、くってやろう。じぶんのよめをくうなんて、どんな鬼《おに》でもできるものではない。これで山へ帰っても、いばれるわい。

いざ、くってやろうとすると、よめがいうのだ。

「あたしゃ、しあわせものよ、あんたのよめになれて。あんたが好《す》きだよ」

「ちぇ、もうちょっといかしておいてやるか」

助に子どもがうまれた。

「とっちゃん、とっちゃん」と、のらへ行くのも、山へ行くのもついてくる。

――こんどこそ、こいつをくってやるぞ。じぶんの子をくうなんて、どんなすごい鬼にだって、できないだろうよ。

いかつい助のせなかにのって、子どもははしゃいで、

ハイシーシー、

ハイシーシー。

助はうまになっても、なかなか鬼になって、わが子をくうことができなかった。

山から鬼《おに》の親の声がする。

「もうみんなもどってきてるぞ。さあ、かぞくをくってしまうんだ。そうすりゃ、おまえがいちばんのゆうしゃというものじゃ」

このあたりにたたかいがあった。

大きなやしきの主人《しゅじん》は助《すけ》をたたかいのせんとうに立たせた。なにせ、しんは鬼である。力は人の何倍《ばい》も強く、からだは岩のようにがんじょうだったから。

村のえらい人たちがいった。

「助、がんばってくれ。おまえのかわいいつまや子をまもるためじゃ」

たたかいはすさまじいものだった。

矢がふるようにとんできて、助はふかでをおった。

うおおーん

うおおーん

かなしい声でさけんだ。

「こんなからだじゃ、もう山にもどれない。一人前の鬼《おに》になど、なれないんだ」

山深《ふか》く、助《すけ》の親鬼はそのうめき声をきいた。きずついたわが子を見て、いった。

「ばかものが！　だから人間をくってはやくもどってこいといったんだ！　わしがおまえのかわりに村人をくってやるわ」

「人をくうのは……、やめてくれー」助はあらいいきの下で、しぼるような声をだした。

「わしはあいつらが……、あいつらが……好《す》きなんだ」

何万回もききながら、一回もいえなかったことばを、助ははじめて口にした。

親鬼は助を残《のこ》して山へ消《き》えた。

助はしんで、そこに大きなハクレンの木がそびえた。

だれも助が鬼であったことを知らない。

モクの鬼《き》

村はずれにモクという大きな木があった。

みきは年輪《ねんりん》をかさねて太く、えだは四方にのびてゆたかだった。おりかさなった葉《は》っぱがそやそやとゆれるとき、村人たちはいう。

「あの葉っぱの色つやはどうだい。海の色にも負《ま》けないぞ」

モクの木にやどった小鳥が、もっともだというようにチチチ、チチチとなきだす。

そのなき声に、村人たちはまたモクを見あげていった。

「わしはこの木を見ないと、一日がはじまらんのじゃ」

「ほんに、心がうれしくなってくる」

「畑仕事《はたけしごと》にもせいが出るってものよ」

春には新芽《しんめ》が顔を出し、やわらかい葉《は》が木はだをおおう。からだじゅうにわかわかしい気があふれるのだ。

村人たちはその緑《みどり》を見て、「ああ、そろそろ田植《たう》えのころだな」とかたりあい、すっかりこい緑になると、草取《くさと》りにせいを出す。

かみなりをよけ、雨やどりにもなる大きなモクの木。

秋がちかづくと、心なしか葉がわわわわとゆれはじめる。それでも葉はしっかりとえだについていて、あらしがきても、りんとしたすがたをかえることはない。

季節《きせつ》がかわっても、かわらないたくましさ、やさしさに、「この木を見ると、ほっとするよ」と、まるで人にいうようにかたりかける。

村人たちだけではなかった。

この道をとおる旅人《たびびと》のだれもがモクの木の下にくると、こしをおろした。

「なんといい風がふいているんだろう」

ところが、大事《だいじ》にされればされるほど、モクはなやんでいた。

モクのからだに鬼《おに》が住《す》んでいたからだ。

まだ、わかモクといわれているころ、とつぜん、きみのわるいさけび声をきいた。

「ふん、生まれがいいってよー、うぬぼれるんじゃねえ!」

モクはびっくりして、からだを大きくゆらした。あたりを見わたしても、だれもいない。

ついさっきまで、自分のまわりにていねいにみぞをほって、水をいれてくれていた、わか者《もの》ももう帰ってしまった。

声は、自分のおなかあたりからきこえた。みきの真《ま》ん中《なか》から、ぬっと顔を出したものがいる。

「ごきげんよう」

いせいよくいう。

見たこともない顔だ。つり上がった目とでっかい鼻《はな》とよこにのびた口、きばがにょきっと出ている。そのうえ、頭に二本の角がある。

モクは、人間のいっていた鬼とそっくりだと思った。

「鬼っていうのはおそろしい! 村をおそって、食《た》べ物《もの》をとっていく。食べ物をわたさなかったら、人間の赤ちゃんをさらったりするんだ。きばがあって、角があって、目がまんまるで、金色に光っているんだ」

村人たちは、そういっていた。

「おまえは、もしかしたら、鬼《おに》」

「そうさ、おまえのからだに住《す》みついた『モクの鬼《き》』ってものさ」

いくつもの村がこの鬼にほろぼされた。たくさんの動物《どうぶつ》が鬼に食べられて、命《いのち》をおとしたという。

なるほど、いかにもこわい顔だ。いやらしい顔だ。それに、もののいいかたが何とおうへいなんだろう。

わかいモクははらがたって、がまんができなかった。

「出てゆけ！　おれのからだに住むなんて、絶対《ぜったい》にゆるさん！」

と、どなった。

鬼はケケケとわらって、

「ふん、そうかい。おまえのからだだから、おまえがなんでもできるっていうんかい。こりゃ、たいしたもんだ！」

ほんのまばたきするほどの時間、鬼《おに》はモクのからだの中をかけまわった。火がついたようないたみが走る。

「わああ、いたい、いたい。何をするんだあ。やめろう、やめろう」

モクはさけんだ。

鬼は、二またになったえだの間から顔を出した。

「わかったかい。おれにさからうと、いたいめにあうぜ」

モクは毎日毎日、どうしたら鬼をおいだせるかを考えた。あるとき、いいことを思いついた。

——出ていけといって、おこるのではなく、やさしくさとすほうがいいかもしれない。

「ねえ、モクの鬼《き》、きっとおうちの人がきみのことをさがしていると思うよ」

「おれのうちのもの？　おれのうちはここだよ。うまれたのもここだよ」

「そんなはずがないだろ？　きみのとうさんやかあさんはどうしたんだい？」

「じゃ、おまえのおやじとおふくろはどうしたんだい？」

「わかんない」

「おんなじさ」

モクはだまった。遠い遠い昔《むかし》、かあさんの声をきいたような気がする。深《ふか》い深い森の中、かあさんはいった。

「しっかり、しっかり、いい旅《たび》を……」

そして、ここへたどりついたような気がしてならない。むねがわあっと熱《あつ》くなった。

——そうだ。鬼《おに》に、旅に出るようにすすめてみよう。

モクは鬼をえだのいちばん高いところへみちびいた。葉《は》をそやそやとゆらして、かたりかける。

「いいかい、よく見てごらん。世間《せけん》は広いんだ。ほら、あの美《うつく》しい海を見てごらん。あのむこうにも世界《せかい》が広がっているんだよ。わたしのような動《うご》かない木の中で一生、すごすなんてつまらないと思わないかい？　きみならどこへだって行ける。利口《りこう》そうだし、こんじょうがある。そのいせいのよさは、外へ出ていくのにむいていると思うよ」

鬼《おに》は細いえだ先から、からだをいっぱい出して、モクの話をきいた。まだ子どもだとはいえ、鬼は鬼。なまりのような頭だった。重《おも》い頭はだんだんさがっていって、とうとう、下にむかって、

ドドドー、ドドーン！

地面《じめん》にまっさかさま。

「ぎゃあー」

そのときのしょうげきで、角の一本がくの字型《がた》にまがってしまった。なんともかっこうのつかない鬼の角だ。

鬼は地面からまたもとの住《す》まい、モクの木のみきにからだを細めて入ってきた。おいしそうに栄養《えいよう》のつまった水脈《すいみゃく》の水をのむと、くの字型の角を右手でおさえながら、何もなかったようにいった。

「モク。おれ、ここが気にいったんだ。ずっと木の中でくらすことにするよ。ここだと、たいくつしないからね。人間の大きいのやら小さいのやら、わかいのやら年よりやら、女や男や、それに動物《どうぶつ》たちもいっぱいよってくる。おもしろいっ

たら、ありゃしないよ。外へ出ると、どんなきけんが待《ま》ってるかもしれないだろ。自分で食《た》べ物《もの》をさがさないといけないしね。きみとならうまくやっていけると思うから」

というわけで、やっぱり、鬼《おに》は出ていかない。

モクのほうはどうにかして鬼をおいだしたい。

――もしこの鬼が村人の目にとまったらどうしよう。自分のところにちかづかないどころか、鬼の住《す》んでいる木だときみわるがって、きっと切りたおしてしまうだろう。絶対《ぜったい》に、鬼を見せてはいけない。自分の中に、鬼を住まわせているなんて、どんなことがあっても知られてはいけない。どうしたらこの鬼をおいだせるだろう、どうしたらいいものか！

考えつづけていた、ある日。

旅人《たびびと》のひとりが、モクの木の下で一休みした。きもちよさそうにたばこをふかす。そのにおいがたまたま鬼のかんにさわった。

鬼はみきから顔をにゅっと出し、いった。

「こらー、やめんかあ」

旅人《たびびと》があたりを見まわしても、だれもいない。

ふとよこを見ると、みきいっぱいに、でっかい鬼《おに》の顔。

「ぎゃあー」

声がとうげをこえて、村の中に消《き》えていった。やまびこになった声はまるで、これからさけぶモクの声のように思える。

――ああ、わたしもとうとう命《いのち》を終《お》えるときがきたのだ。

旅人は村人をつれてもどってきた。みんなは手に手になたやくわをもっている。

モクはからだをかたくした。

――ああ、くるべきときがきた……。

村人は鬼の顔があったというみきを遠まきに見ていた。

村の中でも物知《ものし》りで知られている年よりが、一歩前へ出た。

「これは……木にこぶができているんだよ。この大きさのみきで、こんなりっぱなこぶができているとはねえ。この木はきっとりっぱな木に成長《せいちょう》すると思うよ」

「なんだ。鬼の顔に見えるこぶだったんだ」

「あんた、しっかりしてくださいよ」

そんなわけで、モクが切りたおされることはなかった。鬼《おに》が住《す》んでいることを知られないですんだから。


それからのモクはよくゆめを見てうなされた。

鬼《おに》のからだがどんどん大きくなって、みきの外にまで足が出たり、手が出たりするゆめだった。起《お》きているときも気が気でない。もし毛むくじゃらの足がみきからにゅうと出てきたらどうしよう。えだとえだの間にぶらり、太い手がゆれていたらどうだろう。もしそれを村人や旅人《たびびと》に見られたらどうなるだろう。

みんなのやさしさやいっしょうけんめいさがわかればわかるほど、モクは、

――いかん！　いかん。鬼を見せてはいかん。

と思い、

――これからも、みんなとなかよくしていきたい。

と願《ねが》った。

――どうにかして、鬼が住《す》んでいることをかくしておかないといけない。どうし

たらいいのか、どうしたらいいのか。


――そうだ！　鬼が顔を出さなかったら、いいのだ！

モクはゆたかな葉《は》をいっぱいゆらして、さけんだ。

「わたしがぐんと大きくなって、外から鬼《おに》が見えないようにすればいいのだ」

それからのモクはいっしょうけんめいに水をすい、せのびをしてはたくさんの空気をからだにとりいれるようにした。

太陽《たいよう》の光をいっぱいうけるように、炎天下《えんてんか》の夏も、雪のふる冬もいつも太陽に顔をむけるようにした。

　モクはどんどん大きくなった。

――もっとがんばろう。そうすれば鬼が住《す》んでいることなど、だれにもわからない。あのぐらいの鬼なら、かくすことができる。

モクはまわりのどの木よりも大きく、みきも太く、えだぶりもよく、葉もつややかになっていった。

村人たちはそんなモクの木が大好《だいす》きで、ときおりやってきては話しかけた。

女のくやみごとがきこえる。

「どうしてあの子は町へ行ったきり、もどってこないのだろうね……」

何年かすると、その女が小さな子どもの手をひいて、いそいそと坂《さか》をあがってくるのだ。

「きいておくれ、きいておくれ。あの子がもどってきたんだよ。よめと子どもをつれてね。これがわしの孫《まご》なんじゃ」

時には大きなからだを木にすりよせて、おいおい泣《な》くものもいる。

「なぜだ、なぜだ。うちのやつ、なんでわしより先にいってしもうた……」

きれいなむすめの声もする。

「ああ、わたしはあんたが好《す》きだよ」

あんたというのがモクでないとわかっていても、はずかしくなってそわわ、そわわと葉《は》っぱをゆらす。

子どもたちがやってくると、とくに気をはっていないといけない。木登《きのぼ》りをする子には、「あぶない、あぶない」といいどおしだし、木もれ日をさがす子には、「いかん、いかん。目が悪《わる》くなる」と、葉っぱをいくえにもかさねないといけなかった。

モクの木は村人たちにしたわれ、りっぱな木に成長《せいちょう》していった。

だが、からだの中の鬼《おに》もまた大きくたくましくなっていくのだ。うでや足の肉がもりあがり、目もするどく、口のまわりの色つやもよくなった。

育《そだ》っていく鬼を見るにつけ、モクの心はいつもさわぐ。

――いつかここから出ていって、村人の女や男、むすめや子どもをおそうかもしれない。村の家々をあらしまわるかもしれない。

だから、ぐんとむねをはって太陽《たいよう》を見つめつづけた。もっともっと大きくなろうと、がんばりつづけた。

村人はモクの木を見あげ、かんたんの声をあげる。

「ああ、なんと、りっぱな木なんだ」

そのたびに、モクはかなしそうにからだをふるわせた。

――りっぱだなんて、どうしていうんだ。わたしの中には、おそろしい鬼が住《す》んでいるのに……。

今日も、とうげのモクの木は森のようにしげった葉《は》をゆらしている。

角姫_{つのひめ}さま

角姫さま

村長《むらおさ》の家に、はじめて女の赤ちゃんが生まれた。

目のぱっちりとしたかわいい子だ。ところが、頭のぐりぐりをかくすように、小さな角が出ていた。子をとりあげたお産《さん》ばあさんは、頭の肉がもりあがっていると思った。さわってみると、固《かた》くてつめたい。

「こりゃ、角だ」

角だとわかったとき、お産ばあさんのこしがふにゅふにゃとぬけていった。

――落《お》ち着《つ》け、落ち着け。何か方法《ほうほう》はあるはずだ。

思いあたることがひとつ、あった。自分がまだ産ばになりたてのころだ。

夜おそく、ばっさまをむかえに行ったとき、ちょうちんのあかりのむこうで変《へん》なことをおっしゃった。

「たまに角のある赤ちゃんが生まれることがある。その角は角姫《つのひめ》さまといって、大事《だいじ》にせにゃいかん。わしですら、角姫さまにお目にかかったのはたった一回きり。びっくりするだろがね、わしのおししょうがおっしゃった。そんなときは、落《お》ち着《つ》いて、落ち着いて、角姫さまをなでて、頭の中にゆっくり、ひっこんでもらうんだ。決《けっ》してぽきんと折《お》ってはいかん」

「ばっさま、角姫さまはぽきんと折れるのですか？」

「ああ、赤ちゃんのときは若竹《わかたけ》のように、ぽきんと折れるそうだよ。ゆがいて食べるとおいしいんだって。ははは」

「ま、ばっさま！　わたしは真《しん》けんにきいていました！　ふふふ……」

二人は夜道をわらいながら歩いた。

今はもうなくなってしまった、ばっさまのことばがしっかりとよみがえってきた。

——ああ、もしかしたらばっさまのおっしゃったことは、このことかもしれない。

そうだ。この角をぜったいに折ってはいけない。そっと、そっと、頭の中にひっこめてやろう。

お産《さん》ばあさんはつめたい固《かた》い角の先にまんまるい手のひらをあてて、いのるようにいった。

「角姫《つのひめ》さま。どうか頭にもどってくだされ。おやごさんがおどろくでしょうからな。どうか、このかわいい赤子のために、頭にもどってくだされ」

赤ちゃんのやわらかい頭に、角は入っていった。

お産ばあさんは毎日、赤ちゃんを見にやってきた。

赤ちゃんの名は〝有《ゆう》〟ときまった。

それからも、お産ばあさんは村長《むらおさ》のやしきによくやってきた。次々《つぎつぎ》と赤ちゃんがうまれ、弟や妹がふえていったのだ。


有は外遊《そとあそ》びが大好《だいす》きだ。

二つと三つちがいの兄たちといっしょに野山をかけまわる。川に入り、魚をとり、水遊びにむちゅうになった。妹たちのおもりはそっちのけ。いせいのいい元気な子どもに育《そだ》っていった。

「有《ゆう》は三男ぼうじゃ、長女と思うたら、がっくりくるわ」

と、おとうはいう。

有はこもりはしなくてよかったが、田や畑《はたけ》の仕事《しごと》にかりだされた。そのほうがずっと楽しかった。

元気な子とはいえ、兄たちやそのともだちと同じように木登《きのぼ》りやかけっこができるはずがない。泳《およ》ぎや魚とりもうまくいかないのは当然《とうぜん》だ。

そのたびに、有は、「どうすればいいの」ときいてまわる。できないことがつづくと、大きな声を出し、泣《な》いたり、わめいたり、おこったりした。

だれかが、

「わー、ゆうちゃんの頭に角が出たー」

みんなは有からはなれて、はやすのだ。

「ゆうちゃんの頭にでっかい角が一本」

「にょき、にょき、にょっきん、角一本」

有がわーわー、泣《な》いて帰る。

かあさまが出てきて、すぐに頭をなでてくれる。

「そっか、そっか。角が出たっていうのか。そんなわるがきとはもう遊《あそ》ぶな。どおれ、角はどこに出たんだ？　ひっこめてやるからな」

しばらくは妹たちといっしょに家でおとなしく遊ぶのだが、次《つぎ》の日にはもう兄たちのそばで走りまわっていた。

「ゆうちゃんに角が出たー」

何回かきいていているうちに、有《ゆう》はふっと気になりだした。

——もしかしたら、ほんとに角があるかもしれないな。

さわってみるが、さらさらとしたかみの毛にあたるだけだ。

——そんなはず、ないわ。

山々が緑色《みどりいろ》に、きらきらかがやいているころだった。有のいちばん好《す》きな季節《きせつ》だ。山も谷も野も川も、有たちの遊ぶのをよろこんで見ているようだ。

ある日、兄たちは有を残《のこ》して遊びに行った。笹百合《ささゆり》をとりにいったのだという。

——あたしもいっしょに行きたかったのに。

有はいつもの山道に入って、すぐに兄たちに追《お》いついた。

「わあー、ゆうちゃんがきた。ほおれ、また角が出てるぞー。赤鬼《あかおに》だー」

兄たちははやした。

「そんなこというなら、ほんまに食ってやるー。鬼だー、鬼だー」

と、有《ゆう》も負《ま》けてはいない。

とたんに兄たちは走り出した。

有はむしょうにはらがたってきた。近くにあったかれ木をふりかざす。着物《きもの》のすそがはだけて、白いももがむきだしになった。ささにあたって、血《ち》がにじむ。

兄たちのすがたがどんどん小さくなる。

有は走るのをやめた。

すぐ近くで、
ザワワ、ザー
ザワワ、ザー
さわやかな音がしていた。谷川の流《なが》れの音だ。

有は谷川へおりていった。笹百合《ささゆり》があちこちに咲《さ》いている。一本の笹百合の花の下に、小さな水たまりができていた。花かげがうつっている。

有《ゆう》はふと思う。

――ほんとにあたしの頭に、角がはえているのかしら。

水面《すいめん》に、自分の顔をうつしてみた。

「あ！」

笹百合《ささゆり》が消《き》えて、そこにうつっているのは、まぎれもなく自分だった。頭ににょきっと、白い角が一本出ている。

「どうして、角が……」

目がくらくらとした。その場にしゃがみこむ。

と、そのとき、頭の上で声がした。

「心配《しんぱい》せんでええ。それは角姫《つのひめ》さまというものじゃ」

顔をあげると、お産《さん》ばあさんが、やさしい目をして立っていた。

「その角姫さまがのう、大きければ大きいほど、いい大人に育《そだ》つということだ。ほうれ、顔をあらってごらん。角姫さまはすぐにいなくなってくださる」

ほてった顔をあらって、有はじっと水面《みなも》のしずまるのを待《ま》った。

角は消えていた。

お産《さん》ばあさんはいった。

「わざわざここまでこんでいい。角が出たなと思うたら、頭を二、三回なでるといいんだ。『角姫《つのひめ》さま、角姫さま、どうかおひきとりください』って、いうんだ。ためしてごらん。有《ゆう》のような、すなおないい子のいうことは、ほんに、よくきいてくださるはずだよ」

有はうんと大きくうなずくと、かあさまのことを思い出した。はらがたってわめきちらしていると、いつも頭をなでておっしゃる。

「そっか、そっか。有の頭に角が出てるんだ。さあ、さあ、ひっこめてやろうね」

有ははっとしてたちあがった。

「ああ、もう帰らないと……。かあさまが心配《しんぱい》している」

有はお産ばあさんとわかれて、うすやみのせまる道をいそぐ。

風が笹百合《ささゆり》のつぼみをゆらしていた。

鬼《おに》の羽ごろも

トト、トン
トト、トン
はまで、子どもたちがたいこをたたいている。もうすぐ海のまつりがはじまるからだ。
なかよしの男の子と女の子も一心にたいこを打《う》った。もっとじょうずになりたくて、
トト、トン
トト、トン
ばちを大きくふりあげ、けいこにはげんだ。

男の子が手をやすめたとき、はまの先の岩場に、きらきら光るものが見えた。指《ゆび》をさし、女の子にいう。

「あ！　あれはもしかしたら、じいさまのいっていた羽ごろも……」

低《ひく》い木のえだにひっかかって、ゆうらゆうら、ゆれていた。

女の子がいった。

「さわってはだめだよ。あれは鬼《おに》の遊《あそ》ぶものだって、ばあさまがいってたよ」

「そんなことないよ。だって、あんなにきれいじゃないか。それにどこにも鬼なんかいないよ。これはきっとじいさまのいっていた、ふしぎな羽ごろもなんだ」

男の子はかけていき、羽ごろもを木からおろした。

——うん、これはすごい。見たこともない白い色をしている。

さわってみると、やわらかく、それでいてしっかりとした感触《かんしょく》だ。

——海にうかぶかもしれないぞ。

三重《じゅう》がさねにおりたたんで、岩場から海におろした。ふねのようだ。そっと上にのり、立ち上がってみた。布《ぬの》も男の子もしずまない。

「やったー」

男の子をのせた羽ごろもは風をうけ、波間《なみま》を走りはじめる。

「それっ、行けー！　波のりだーい」

おきにむかって動《うご》き出した。

なかよしの女の子が岸辺《きしべ》でさけんでいるのもきこえない。

「あぶないよー。はやくもどっておいでよー」


男の子と羽ごろもはどんどん、おきに出ていった。

とっぷうにあうと、羽ごろもの先がひゅーんとまいあがる。

——風よ、もっと、もっとふけー。

とうとう、大きな風がやってきて、羽ごろもはまいあがった。男の子もいっしょに空へ空へとむかう。天にのぼる竜《りゅう》のようだ。

「やっほー、おもしろい、おもしろい。もっと、もっととべー」

手まねきをしている女の子が、だんだん小さくなって、豆《まめ》つぶのようになり、見えなくなった。

ぐるりをかこむ真《ま》っ青《さお》な空。羽ごろもと同じような雲がういていた。つかまえようとすると、雲はするりとにげていく。男の子は白い雲を追《お》いかける。

羽ごろもと雲のおにごっこ。

「それーい、もうひといきだあ」

が、いきおいあまって、男の子は羽ごろもからとびでてしまった。

「わー」

目をとじたまま、まっさかさまにおちていく。

ささささ、さー
さささ、さー
さわの水音で、男の子は目をさました。
草がなびいて、鼻《はな》をくすぐる。
「く、くしゃーん！」
自分のくしゃみでさっきよりもっとしっかり目をひらいた。男の子のからだに白い布《ぬの》がぐるぐる、まきついていた。

――ああ、羽ごろも……。こいつが助《たす》けてくれたんだ。

布《ぬの》はたいそう固《かた》くなっている。からから出てくる虫のように、男の子は前に前にはいだした。あとに筒《つつ》のかたちの羽ごろもが残《のこ》った。

さわに近い草地におちて、ずいぶん気をうしなっていたようだ。まわりの緑《みどり》がどんどん灰色《はいいろ》になっていく。

――もうすぐ夜になるんだ。こんなところで、どうしたらいいんだ。

ほわ、ほわっ

ほわ、ほわっ

光りながら、とんでいるものがある。

――なんだ？

どんどんふえて、すわっている男の子のまわりをぐるぐるまわる。

「あれえ、大きなほたるだあ」

つぎつぎと羽ごろもの筒のなかに入っていく。まるい光がうすい布をとおしてうかびあがった。

――きれいだなあ……。

男の子は立ちあがった。さわのあたりから、ほたるがむれをつくって、どんどんやってくる。

——ゆめを見ているみたい……。

みとれていると、うしろのほうから声がした。

「ほんとに、ゆめのようにきれいですね」

男の子がふりむくと、すっかりやみになった森の中に、人かげが動《うご》いた。

「すてきなとうろうをおもちですね」

声が近づいてきた。

——とうろう？　ああ、そうか。羽ごろもの筒《つつ》が、とうろうに見えるのだ。

あちこちから人の声がする。

「こんなにすばらしい、とうろう、はじめて見たよ」

「ふしぎなとうろうだね」

「今夜は森のよいまつり」

「みんなに、見せてあげてほしいですわ」

羽ごろもとうろうはたくさんのほたるをいれて、まぶしいほどに光りだした。

人々が近づいてきた。うかびあがる顔、顔、顔。見たとたん、男の子はしりもちをついた。

「わあああー」

目をまるくして、声も出ない。

きつねやたぬき、きつつきやりす、ふくろうやからすの顔がこちらを見つめていたからだ。てんぐや鬼《おに》やかっぱたちもわらっている。

――落《お》ち着《つ》け、落ち着け。みんな、お面《めん》をかぶっているのだ。だって、人間のことばをつかっているじゃないか！　人間のすがたをしているじゃないか！

「さあ、いっしょに行きましょう！」

男の子はみんなのあとについていった。

のんだり、食べたり、おどったり、うたったり、夜のふけるまで、よいまつりはつづいた。

ドドーン、ドドン

力強いたいこの音で、男の子は目をさましました。岩のくぼみでねむっていたようだ。緑《みどり》の木々に、朝の光がちかちかとおちてくる。

ドドーン、ドン

ドドーン、ドン

光と音の中を、きれいに着《き》かざった人たちがとおりすぎる。ゆうべと同じようにみんな、きつねやたぬきや、りすやうさぎの顔をしていた。

男の子はもうおどろかない。

——そうか、今日が森のまつりなんだ。ちょっとのぞいていこうかな……。

男の子は両手《りょうて》を大きくふって、

「こんにちは。今日は森のまつりなのですね」

男の子を見ると、

「やあ、ごきげんよう」

「ゆうべは楽しかったね」

「きれいなとうろう、ありがとう」

「いっしょにまつりに行きましょうか」

と、声をかけてきた。

「すもう大会があるんだよ。あんたも出てはどうだい？」

さっきのたいこはすもう大会のはじまる合図《あいず》だったのだ。

男の子は目をかがやかせて、

「行くよ、行くよー」

いそいで、ぺしゃんこになっている羽ごろもをせおった。

広場では、すもう大会のまっさいちゅう。

どひょうのまわりはゆうべの顔の人たちでいっぱいだ。かっぱや鬼《おに》やてんぐたち、くまやたぬき、きつねやうさぎやりすたちだ。

「はっけよーい、はっけよーい」

きつつき顔の行司《ぎょうじ》がさけんでいた。

男の子はわくわく、そわそわ。足がかってにしこをふむ。自分もまわしをつけて、すもうをとってみたい。

——そうだ！　これをまわしにすればいいんだ。

かたから羽ごろもをおろした。

きつつき行司がさけぶ。

「次《つぎ》はどなたじゃあ！」

男の子は羽ごろもをこしにまいて、どひょうにとびだした。向かい側《がわ》から、くまがのっしのっしと、どひょうにあがってきた。

「さあ、見あって、見あってえ」

「はっけよーい」

「のこった、のこった！」

「男の子の勝《か》ちー」

羽ごろものまわしをつけた男の子の強いこと、強いこと。くまもたぬきもきつねも、かっぱやてんぐさえも負《ま》けてしまった。

見ているものたちはおおはしゃぎ。

「小さいのに、えらいぞー」

「よお！　力もちー」

「かっこういいぞー」

「いい男ー」

「やんや」「やんや」の大せいえん。

男の子はうちょうてん。

「だあれも、おれにかなうものがいないのかあ！」

えらそうにいっては、のっしのっしと、しこをふんだ。

「どおれ！　それなら、わしとやってみるかい！　おわかいのう」

どどっと、どひょうにあがってきたものがいた。せたけが男の子の三倍《ばい》もある大鬼《おおおに》だ。鬼のこしにはきらきら光る、まっ白なまわしがあった。ちょうど、目の前で、ゆうらゆうら、ゆれている。

男の子はそのまわしを見て、

――あ、羽ごろもみたい……。

とたんに、「鬼の羽ごろもだよ」といった女の子のことばを思いだした。

――ああ、おれ……、海のまつりのために、たいこのけいこをしていたんだ。あの子はどうしているかしら。はやくもどらないと、海のまつりにまにあわない……。

と、そのときだった。

「えいやーっ！」
男の子はすごい力でなげとばされていた。
「ひゃーあああ」
川や、
森や、
谷や、
山や、
海をこえてとんでいく。
「どこへ行くんだよー。助《たす》けてくれー」

ドッスーン！

トト、トン
トト、トン
男の子の耳に、どこかできいた音がした。なつかしいひびきだ。こしをさすりながら、あたりを見まわす。

岩にかこまれた入りえと、そのむこうに真《ま》っ青《さお》な海と空がつづいていた。

岩の上に立つ。

トト、トン
トト、トン
音ははまのほうからだ。

女の子がひとり、たいこをたたいていた。いっしょうけんめい、バチをふりあげ、ふりおろす。

——ああ、おれは、あの子といっしょに、ここで、たいこのけいこをしていたんだ。いままで、いったい、何をしていたんだろう?

男の子ははまにむかって、いちもくさんにかけだした。

「おーい!　おれもいっしょに、たいこをたたくよう!」

ふたりは羽ごろもをもとの木にかえし、手をとりあって、海のまつりに出かけていった。

たいこの音が、
トト、トン
トト、トン
きれいにそろって、
トト、トン
トト、トン
羽ごろもがそれからどうなったかはわからない。

かみなりだいこ

ゴロ、ゴロ

ドン、ドン

雲の上では、男のかみなり鬼《おに》がたいこをたたいている。

かみなりの世界《せかい》では男鬼しか、たいこをたたくことができない。昔《むかし》、昔、その昔から決《き》まっていた。

そのかみなりの世界で今、うわさになっているのが人間の世界の文明のすばらしさだった。雲の間をぬって、飛行機《ひこうき》がとび、ジェット機がつきぬけ、ロケットが月や火星にむかった。電話やテレビやインターネットなどの、ものすごく便利《べんり》な発明《はつめい》が伝《つた》わってくる。

かみなりの世界《せかい》の鬼《おに》たちも文明国になりたいと考えた。そこでえらい大臣《だいじん》が人間の世界のていさつに出かけることになった。

大臣はさっそく、雷雲《らいうん》をよんだ。

「人間たちがたくさん住《す》んでいそうで、雲のおりやすい場所《ばしょ》をさがしてくれ」


ぎっしりと集《あつ》まった建物《たてもの》の真《ま》ん中《なか》に、だれもいない、広場があった。

——おお、これはいい。

大臣が見つけたところは小学校の運動場《うんどうじょう》である。

——そうだ。わしのりっぱな二本の角をかくさないと……。

大臣はズボンのポケットから、いそいでぼうしを出した。のびちぢみのきく毛糸のぼうしだ。目がかくれるほどに、すっぽりかぶった。

——うん、これで角がかくれたぞ。

だぶだぶの黄色いセーターと黒いズボン。白いうわっぱりをはおっている。

——どうだい、どこから見ても人間だ。さあ、ぼちぼちと、ていさつに出かけよう。

と、そのときだった。

キンコーン
キンコーン
きれいな音がきこえ、つづいて建物《たてもの》のなかから、人間の子どもたちがいっせいにとびだしてきた。
――うう？　なんじゃあ、なんじゃあ。こりゃあ。わしも子どもにならんといかん！

児童集会《じどうしゅうかい》がはじまった。

朝礼台《ちょうれいだい》の上にマイクをもった女の子が立って、

「これから『マル・バツ』ゲームをします」

それを見た大臣《だいじん》は目をまるくした。というのも、女の子がみんなの前で話をするなんて、かみなりの世界《せかい》では見たこともきいたこともない。

――落《お》ち着《つ》け、落ち着け。これもていさつのうちじゃ。

大臣は角がとびださないように、ぼうしを両手《りょうて》でおさえた。

白い線が運動場《うんどうじょう》の真《ま》ん中《なか》に一本ひいてあって、その先に女の子が立っていた。

よくとおる声で、

「わたしの右手のほうがマルです。左のほうがバツです」

問題《もんだい》にあわせて、マルかバツかどちらかに移動《いどう》するというのだ。

――うん、ゲームに参加《さんか》するのもていさつのうち。

大臣《だいじん》は子どもたちの中にまぎれこんだ。


「一問目、この町から女の大臣が出ました」

――そんなばかなことはない！　バツに決《き》まっておる。

大臣はバツの中に入った。ところが正解《せいかい》はマルだ。

大臣は目を白黒。

それに一度まちがうと、もう次《つぎ》のゲームに参加できないというではないか。くやしくてならない大臣はきている白いうわっぱりをぬいで、まるでちがう男の子のかっこうになった。知らんぷりしてまたゲームに参加した。

「二問目、この町に女の校長先生はいません」

――かんたん、かんたん。こんどこそ、マルに決《き》まっておる。

ところが、またもバツ。頭の角がゆらぐほどにおどろいた。

――へえ、人間の世界《せかい》では、校長先生も女がなっているのか。大臣《だいじん》はとにかく、もっとゲームをつづけたい。

――よし！　こんどは気をひきしめてかかるとしよう。

黒いズボンをぬぎすて、しまもようの短《みじか》いパンツになった。また知らん顔して、ゲームに参加《さんか》した。


「三問目、こんどの運動会《うんどうかい》のおうえんだん長は女子である」

――こんどこそ、バツだ！

ところが、マル。

――どうしてなんだあ。

角の間からゆげが出て、すっぽりかぶっているぼうしがしねっとなってくる。とうとう上にきていた、黄色いセーターもぬぎすてた。下から、カーキ色のシャツが出てきた。「地球へ行くのだから」と、大臣のおくさんがぬってくれたものだ。

大臣《だいじん》はまたゲームに参加《さんか》する。

「四問目、秋の音楽会で大だいこをたたくのは男子である」

——それきた！　こんどはまちがわないぞ。たいこをたたくのは、男の力でないとむりなんだ。

大臣はむねをはってマルの中に入った。ところがまたまちがい。びっくりをとおりこして、はらがたってきた。

「そんなことって、ないぞお。わしらのかみなりの世界《せかい》では、たいこをたたくのは男子と決《き》まっておる！」

かぶっていたぼうしをとって、地面《じめん》にたたきつけた。

とたんに、大きな二本の角が、にょきり！

日の光をうけて、きらきら光った。

まわりの人間たちは鬼《おに》の大臣《だいじん》に気がついた。

「へんな子がいる」

「角があるぞ」

「鬼《おに》だ、鬼だ」

「鬼がいるぞー」

大臣《だいじん》はあわててにげだした。運動場《うんどうじょう》のはしにあった、ジャングルジムによじのぼる。

「おーい、雷雲《らいうん》ー。はやく、はやく」

あたりに黒いもやがひろがる。大臣はむかえにきた雲にすばやくとびのると、やっとの思いでにげかえった。


かみなりの世界《せかい》は今、大そうどう。

人間の世界から帰ってきた、いちばんえらい大臣がこうほうこくしたからだ。

「わが世界を文明国にするためには、まず女たちにたいこをたたかせないといけない！


その年の夏のかみなりはことのほか、にぎやかだったそうな。

ゴロゴロ、ゴロゴロ

ドドーン、ドン、ドン
ドドーン、ドン、ドン

鬼《おに》のクウ

鬼《おに》のクウは空からやってきた。

人間のいっしょうけんめいさが気に入ったのだ。

——ちょっと、手伝《てつだ》ってやるかい。

クウは鬼の中でもとくにゆうしゅうで、正義感《せいぎかん》にもえていた。

鬼ならば、すぐにできることを、人間たちはああでもない、こうでもないといいながら、四苦八苦《くく》でやっている。鬼がやればかんたんに解決《かいけつ》することばかりだ。

鬼の長《おさ》はそんなクウをたしなめた。

「人間をあなどってはいかん。人間を助《たす》けるなんてとんでもない！」

山からいせいのよい声がした。

山の仕事《しごと》はきついものだ。

クウはその仕事をてつだってやろうと、空からおりてきた。

きこりたちは小さな木はおので打《う》ち、大きな木はのこぎりでひく。かけ声をかけあい、やっとの思いで、たった一本の木をたおすのだ。

「わーい、やったぞ」

「みんな、だいじょうぶかあ」

「でかした、でかした」

「じょうとうの木だ」

といって、かん声をあげるのだ。

クウはそんなめんどうなことをしなくてよかった。なにせ、力は人の何倍《ばい》もある。大木をひっこぬいては、どすんどすんと、おいていく。そばにいる人間はあわてて、うしろへしりぞいた。

きりたおされた木は、ふだんはみんなで一本ずつ運《はこ》んでいく。がんじょうなつなを木にまきつけ、じょうずにかじをとって、ふもとまでもっていくのだ。

クウならば、何本もいっしょにくくって、あっというまにふもとまで運《はこ》ぶことができる。

「わしにまかせておけ」

いうなり、近くの大木を三本ならべて、ひもでくくった。ひょいともちあげると、ふもとにむかって、のっし、のっし、のっし。

まわりの人間たちはひっしの思いで、遠くへにげた。

きこりたちがふもとにもどってくると、先についたクウは両手《りょうて》をふる。

「ここだ、ここだー」

よこたわる大木の真《ま》ん中《なか》にこしをかけ、鼻《はな》をぴくぴく動《うご》かしていた。

きこりたちはおこって、いった。

「この山から出ていってくれないか。あんたがいると、あぶなくて、仕事《しごと》ができない」

「え？　どうしてなんだ」

「あんたは力が強すぎる」

――そうなのか。人間を助けるためにはあんまり力を出しすぎてはいけないんだ。

クウは空にのぼって、こんどは力を出さなくてもやっていけるところをさがすことにした。

ずっと、人間たちのくらしを見ていた。

ある日。

「おお、これはいい」

クウは目をかがやかせた。

よろこびいさんで、緑色《みどりいろ》の畑《はたけ》にむかった。豆《まめ》つぶほどだった人間が見る見るうちに、自分と同じ大きさにかわった。すっかり百姓《ひゃくしょう》のかっこうになったクウは、あぜに立った。

「よう、せいが出ますね。わたしにも手伝《てつだ》わせてくださいな」

はじめは気味悪《きみわる》がっていた人間も、いそがしい時期《じき》だったので、クウをかんげいするようになった。

クウは庄屋《しょうや》の家の納屋《なや》に住《す》んで、いっしょうけんめいはたらいた。

クウはすぐに畑仕事《はたけしごと》をおぼえた。

うねはだれよりもまっすぐにつくった。大根《だいこん》の種《たね》をまくのもはやく、出てきた葉《は》のつややかなことも、人間たちをおどろかせた。にんじんをつくっても、真《ま》っ赤《か》なほのおのように美《うつく》しく、ねぎはまっすぐ天にのびた。

いつのまにか、村のひとたちはどうしたら、そんなにうまくいくのかと、クウにききにきた。

ある日、庄屋がクウにいった。

「この村から出ていってくれないか」

「え？　どうしてなんだ」

「庄屋のわしのいうことより、村人はあんたのいうことをよくきくようになった」

「それがどうしていけないんだ」

「あんたは知恵《ちえ》がつきすぎたんだよ」

——そうか、そうか。あんまり知恵を出してはみんなとうまくいかないんだな。

クウはまた空にのぼって、こんどは力も知恵《ちえ》も出さなくて、やっていけるところをさがすことにした。

「おお、これはいい」

クウは大海原《おおうなばら》をかかえた漁村《ぎょそん》に目をやった。

広いはま辺《べ》で、村人たちがあみを引いている。女や子どもたちもいっしょだ。

歌をうたい、わらっている。

さっそく漁師《りょうし》のかっこうで、はま辺にむかった。

「力も出さないで、知恵も出さないで」

とつぶやきながら。

クウはみんなといっしょにあみをひいた。

まだまだおきでの漁もつづく。

「わしも手伝《てつだ》おうか」

村人たちは、「大助《おおだす》かりだ」とよろこんだ。

クウはあみもとの家にとどまって、漁《りょう》に出ることになった。

クウの目は鬼《おに》の目。人間の何倍《ばい》も先を、しっかりと、はっきりと、見ることができた。

はるか、遠くの黒雲を見て、どんなにいい天気でも、海のあれることをいいあてた。どんなにしけていても、遠くの青空をかいまみることができた。その下でおどっている、魚の大群《たいぐん》を見ることができた。

漁に出かけるとき、人間たちはいつもクウの考えをきくようになった。「クウといっしょに海に出ると、しけもやんで、大漁になる」といって、よろこびあった。

あるとき、あみもとがクウをよんだ。

「この村から出ていってくれないか」

「え？　どうしてなんだ」

あみもとはきのどくそうにいった。

「あんたのように運《うん》のよいものがそばにいると、みんなの運がにげてしまうからな」

――そうか、そうか。目がよく見えることは、人間たちにとっては運がよいということか。あんまり見ることをしてはいけないんだな。

クウはまた空にのぼって考えた。

うでや知恵《ちえ》や目の力を小さくすれば、人間たちのくらしを助《たす》けることができるかもしれない。

クウは人間たちのことを思って、どんどん小さくなった。

「出ていってくれ」といわれないために、どんどん小さくなった。

どんどん小さくなって、

どんどん小さくなって、

とうとう、クウは人間たちの目には見えなくなった。

花わかれ

鬼《おに》っ子の太呂《たろ》はおばばが大好《だいす》きだ。

おばばも太呂が大好きだ。

おばばは太呂をだっこして、山をかける。おんぶして、谷をわたる。

太呂の下には、世界《せかい》じゅうが広がっていた。

「おばば、あの村の柿《かき》がおいしそうだ。ぜーんぶ、くいてえ」

「あいよ、太呂！　まかしとけ」

柿はひとばんのうちになくなった。

みんな太呂のはらに入ったんだ。

「おばば、あのでっかい、いちょうの木がほしい」

「あいよ、太呂《たろ》！　まかしとけ」

村人が朝、目をさますと、とうげのいちょうの木がなくなっていた。

山では太呂が木のぼりのまっさいちゅう。

おおいちょうのてっぺんから村を見おろした。

「ウハハハ、ウハハハ」

太呂はうれしかった。

「なんてったって、おれはおばばのいちばんお気に入りの、孫《まご》だからな。おれのいうことなら、なんでもきいてくれる」


ある日。

おばばが太呂とよくにた鬼《おに》っ子をつれてきた。

「太呂、おまえのいとこたちだ。なかようしろ」

いとこたちは太呂をおしのけて、おばばとすもうをとったり、おばばのせなかにのって、山をかけたり、おばばにだっこされて、谷をわたったりした。

太呂はおどろいた。

「のけろ、のけろ！　これはおれのおばばだあ」

おばばのとりあいっこがはじまった。

なんせ、鬼《おに》の子どもたちだ。

なげとばされると、みっつも山をこえてとんでいってしまう。

ひめいやかんせいが山のなかにこだまして、かみなりがおちているような毎日だった。


ある日。

おばばは見たこともない鬼たちをつれてきた。

「おまえらのなかまだ。なかようせい」

顔の色は赤や青や紫《むらさき》。そのうえ、白や、黄や、緑《みどり》や、まんだらのふんどしをしているではないか。

おばばをかこみ、しこをふみふみ、わらっていた。

太呂《たろ》といとこたちはおどろいた。

「なってこった！　それはおれんちのおばばだあ」

またもや、おばばのとりあいっこがはじまった。

赤い顔の鬼《おに》がこしをふりふり、

「おばば、見てくれ。あたしは鬼っ子のなかで一番、おどりがうまいんだ」

まんだらもようのふんどし鬼が、

「おいらはおおぐい、一番だ！　くまのいっぴきもひとのみさ」

まけずに青鬼も、

「たきのぼりのはやさは、おれが一番」

「いや、あたしが一番」

「おれだ」

「おいらだ」

「おれさまだ」

太呂《たろ》もいとこもなかまたちも一番になりたくておおあばれ。一番になって、おばばに気に入られたかった。

みんな、なんでもできる、やさしいおばばが大好《だいす》きだった。

おばばにつづいて、山をかけ、谷をわたる。鬼っ子たちのはしゃぐ声が大きくて、山の木が何本もふきとばされた。


何年もの年月がすぎていった。

おばばはじゅうぶん、みんなと遊《あそ》んだ。

みんなもおばばの何倍《ばい》もの声を出し、何十倍もの速《はや》さで走り、何百倍もの力持《ちからも》ちになった。

おばばは野原にねそべり、元気な鬼《おに》っ子《こ》たちのようすを、目をほそめて見ている。

あるとき、おばばがみんなにいった。

「おばばのたのみごと、きいてくれるかい？」

みんながこたえる。

「あいよ、おばば！　まかしとけ」

「どんなことでもいってくれ」

「もうなんでもやってみせるぜ」

おばばがみんなの元気なへんじを聞いて、いった。

「谷のむこうのやぶのなかに、そりゃきれいな花が咲《さ》いとるんじゃ。みんな、むねいっぱい、とって帰れるかな」

「あたりまえだよ、おばば。おれたちゃ、もうどんな山も谷もひとっとびだ。力もおばばより、ずっとずっと強いんだよ」

太呂《たろ》といとことなかまたちは山をこえ、谷をわたって、おくやぶへむかった。まる一日もかかって、やっとそれらしい花を見つけた。今までに見たこともない白い花が風にゆれている。やさしいいいにおいだ。

「何ていう花かな？」

「帰ったら、おばばにきいてみればいい」


みんなはむねいっぱいの花をかかえ、もどってきた。

「おばばー。見てくれー。こんなにたくさん、とってきたぞ」

おばばの返事《へんじ》がない。

「やくそくの花をいっぱい、つんできたぞー」

いつもいっしょに遊《あそ》んだ山にも谷にも、おばばがいない。

「おばばー。どこにいるんだあ」

おばばはどこにもいなかった。

「おばばー」

「おばばー」

「おばばー」

さがしてもさがしても、おばばは見つからなかった。

太呂《たろ》と、いとこと、なかまたちは泣《な》きながら、おばばの家を花でかざった。花の名は百合《ゆり》。

みんなははじめて、おばばの名が「ゆり」だと知った。

鬼《おに》ずいか

「姫山《ひめやま》レストラン」は、昔《むかし》の農家《のうか》をかいぞうしてつくった小さな店である。

もともとこのあたりは山深《やまぶか》いいなかだった。道路《どうろ》がつき、団地《だんち》ができ、やがて町になった。町のはずれ、かんせん道路からもずいぶんはなれたところに、その店はあった。だが、とてもはんじょうしていた。

鬼《おに》ずいかのせいである。テニスボールほどの大きさで、頭にぞうげ色のりっぱな角をのせている。くきの変形《へんけい》らしいが、どう見ても角にしか見えなかった。またおいしいことといったら、あまくて、さわやかで、したがとろけそうなのだ。

めずらしいので種《たね》をもちかえって植《う》える者《もの》もあとをたたない。わざわざ育《そだ》て方《かた》をききにくる者もいた。だが、どんなに大事《だいじ》に育てても、やっぱりふつうのすいかになる。角の形のくきに成長《せいちょう》したものは、ひとつもなかった。

店主《てんしゅ》でさえもわけがわからない。ただ親の代からかたりつがれていることがあった。

「この鬼《おに》ずいかのなる畑《はたけ》は、鬼からもらったもの。ご先祖《せんぞ》さまのだれかが、鬼に親切をなさって、そのお返《かえ》しにもらった土地らしい」

そういえば昔《むかし》の地図では、このあたりいったいは「鬼山」となっている。その山が開こんされ、団地《だんち》ができた。まさか「鬼山台」という名にはできないということで、今は「姫山台《ひめやまだい》」という名になっている。

「姫山台」の北のはずれにこのレストラン、うらに鬼ずいか畑があった。冬になるとハウスさいばいとなる。鬼ずいかは一年じゅう、たえることがなかった。

店主は鬼ずいかのことになると、いろいろとこだわりをもっていた。その日にうれた、最《もっと》も食べごろのすいかを出す。そのためにほんとうのおいしさ、じゅくしかげんのわかる、鬼ずいか専門《せんもん》のしょく人をやとっていた。

冬場ともなると管理《かんり》がたいへんである。ハウスさいばいでできたすいかは、ほんの数百メートルの店までの道のりを、こもをかけ、すっぽり入る箱《はこ》を特注《とくちゅう》して、それに入れて運《はこ》ぶ。おかげでちょっとこぶりになるが、冬は冬であまみのある、上品な味《あじ》を楽しむことができた。

日本食が中心のレストランだったが、鬼《おに》ずいか以外《いがい》はいたって、おおらかなないようであった。中華《ちゅうか》でもなべ物《もの》でも、フランス料理《りょうり》のフルコースさえも、前もって注文《ちゅうもん》しておくと受けつける。それもかなりいい味だ。

「姫山《ひめやま》レストラン」の客《きゃく》は、遠くからもやってくる。タウン誌《し》にしょうかいされたり、つい先ごろでは東京の大手のざっしにのったこともあって、予約《よやく》で満席《まんせき》になる日が出た。

どんな料理であっても、しめくくりは「デザート鬼ずいか」だった。はじめて、鬼ずいかを見たときは、だれもがぎょっとした表情《ひょうじょう》をする。

——あ！　鬼の顔が皿《さら》の上にのっている。

うす緑《みどり》のはだにこい青の目と口とまゆ毛がうき出るように細工されていた。頭にはぞうげの角、いや、りっぱな一本のくきがあったからだ。

せなかにまるいあながあいている。そこからスプーンを入れ、食べていく。うまく食べると、鬼の面《めん》ができあがるというわけだ。

きばつな形と、なんともいえないやさしいしたざわりに、一度《ど》きたものはまた鬼《おに》ずいかをめあてにやってくる。

店主《てんしゅ》ひとりとおくさんとむすことむすめの四人で、いつも楽しそうに料理《りょうり》をつくり、料理を運《はこ》んでいた。

ときどきは近くのおばさんにきてもらったり、たまたま夏休みでやってきた学生が手伝《てつだ》ってくれたりする。だが、たいていは親子四人できりもりしていた。

つゆ明けしたばかりで、からっと晴れたきもちのいい日だった。

昼すぎ、鬼ずいか専門《せんもん》のしょく人がうれしそうに声をはりあげ、ちゅうぼうにやってきた。

「だんなさん！　いよいよ『鬼ずいか』最高《さいこう》の味《あじ》ごろになりました」

もってきたのは、うす緑《みどり》に青いしましまもようのみずみずしい鬼ずいか。頭に、ぞうげ色の角が宝石《ほうせき》のようにかがやいていた。

「なるほど！　いいできだ」

店主は自信満々《じしんまんまん》の手さばきで鬼ずいかのせをくりぬき、顔をつくり、角をみがいた。

――このすばらしいすいかを食べるのは、いったい、だれだろう。

店のものたちはみんな、わくわくどきどき。

そのとき、ひょっこり入ってきたのが、はじめて見る男の客《きゃく》だった。「姫山定食《ひめやまていしょく》」を注文《ちゅうもん》した。

男は黒いせびろ、黒い山高ぼうをかぶったままテーブルについた。緑《みどり》と赤のたてじまシャツがちらりと見える。

食事《しょくじ》を運《はこ》んでいったむすめが帰ってくるなりいった。

「ちょっときみの悪《わる》い人です」

みんなもうなずく。だが、それも鬼《おに》ずいかの一番なりを食べてもらうのに、ふさわしい人かもしれないと考えた。

――ああ、これをもっていくと、どんな顔をするかしら。食べてみて、またそのおいしさに、どんなによろこんでくれるだろう。

店主《てんしゅ》は夕方からのしこみをしながら、客のほうをちらちらと見る。「姫山定食」を食べおわったころをみはからって、店主みずから、鬼ずいかをもっていくことにした。

ところが、とんでもないことがおこったのだ。

男がいった。

「わたしはすいかを好《この》みませんので」

「はあ？」

今までそんなことばをきいたことがなかった。店主《てんしゅ》はあわてた。

――落《お》ち着《つ》け、落ち着け。

と、自分にいいきかす。

「めずらしい鬼《おに》ずいかですので、一口いかがですか？」

「いや、けっこう」

「それじゃ、お持ち帰りになりますか？」

「いや、けっこう」

店主は今年一番の出来のよい鬼ずいかを、またちゅうぼうにもちかえった。

夕方からの客《きゃく》はだれもが「鬼ずいかデザート」をよろこんで食べたことはいうまでもない。

その日の店じまいのあと、親子でいろいろ考えた。考えれば考えるほどわからなくなった。

——いや、同じようにおいしい料理《りょうり》をつくり、同じように鬼《おに》ずいかを出す。それでいいではないか。

ということになった。

茶色にそめたかみをかきあげながら、むすこがぶっきらぼうにいう。

「そうさ、とうさん。今日だけの客《きゃく》かもしれないしさ」

黒い服《ふく》と山高ぼうの男は毎日かっきり、三時になるとやってきた。いつも「姫《ひめ》山定食《やまていしょく》」を注文《ちゅうもん》し、だまって食べた。

鬼ずいかをさしだすと、男がいう。

「いや、けっこう」

この男をどうにかしてうならせたいものだ。料理にみがきをかけたし、すいかだってとっておきのものを出すようにした。だがいつも返事《へんじ》は同じ。

「いや、けっこう」

鬼《おに》ずいかをもっていくのは「姫山《ひめやま》レストラン」のきまりだ。残《のこ》すことはわかっていても、その場においておく。男はいつだって鬼ずいかを食べなかった。

「今日は鬼ずいか、よくひえていますよ。いかがですか？」

「いや、けっこう」

「今日の鬼ずいかは小さめ、食べやすいですよ。いかがですか？」

「いや、けっこう」

そんなある日。

やっと客足《きゃくあし》もひき、店主《てんしゅ》はむすことむすめ、バイトの学生ふたりと話しこんでいた。

と、あの男が入ってきた。「姫山定食《ていしょく》」を注文《ちゅうもん》する。

いざ鬼ずいかを出そうとしたときだった。バイトの学生が店主にいった。

「あ、すいません。すいかをひやしておくのをわすれました」

「う？」

夏場はつめたくひやしてこその鬼《おに》ずいかだ。だが、相手《あいて》はいつも鬼ずいかを残《のこ》す客《きゃく》ではないか。あんまりいい気がしていなかった店主《てんしゅ》はバイトの学生にいった。

「きいてきなさい。すいかをおもちしましょうか？　って」

客にわざわざたずねることなど、今までしたことがなかった。

バイトの学生がもどってきた。

「いや、けっこうとおっしゃいました」

店主《てんしゅ》はそれをきいてなっとくした。

「ああ、そうか。あのお客様《きゃくさま》は鬼ずいかをいつも残されるのだから、そう答えられると思っていた。一回ぐらい、かまわんだろう」

それからどうしたわけか、その客がくるころになると鬼ずいかがなくなったり、割《わ》れていたり、ひえていなかったりすることが多くなった。

店主は出むいていった。

「鬼ずいかをおつけいたしましょうか」

「いや、けっこう」

「さようでございますか」

三時前に鬼《おに》ずいかが切れていても、あわてて畑《はたけ》まで走ることもなくなった。夕方の客《きゃく》までに間に合えばいいことだったからだ。

どうせあの人は、

「いや、けっこう」

というのだから。

店主《てんしゅ》は黒い服《ふく》の男のために、鬼ずいかをつくることはなかった。考えることもなかった。それでもかならず同じようにたずねた。

「すいかをおつけいたしましょうか」

「いや、けっこう」

「さようでございますか」

おくさんもむすこもむすめもすました顔でたずねた。

「すいかをおつけいたしましょうか」

やっぱり答は、いつも同じ。

「いや、けっこう」

すいかがその人のために用意されてもいないのに、近所《きんじょ》の手伝《てつだ》いのおばさんも、バイトの学生さえも、笑《え》みをうかべていう。

「すいかをお出しいたしましょうか」

「いや、けっこう」

「さようでございますか」

夏がすぎて、秋風のふくころ、鬼《おに》ずいか専門《せんもん》のしょく人はいちばんいい種《たね》をとる作業《さぎょう》をする。納屋《なや》にならんだすいかの中から、りっぱな角のあるものを選《えら》ぶのだ。

その朝、納屋に入ったしょく人はおどろいた。そのまま店へ一目散《いちもくさん》にかけていく。まだあけていない店の裏口《うらぐち》の戸を、どんどん、どんどん、たたいた。

ねまきすがたの店主《てんしゅ》が出てくると、しょく人は声をからしてさけんだ。

「だんなさまー。すいかが、すいかが……」

しょく人といっしょに、店主《てんしゅ》は納屋《なや》に走った。

なかをのぞいて、店主は目をみはった。

「こりゃあ、どうなってるんだ！　すいかに角がない！」

どのすいかにも、どのすいかにも、ひょろっとしたねずみのしっぽのようなくきが一本、くっついているだけだ。

角のないすいかからは、角のないすいかしかできない。

「そんなはずがない。さがすんだ！　角のあるすいかをさがすんだ」

だが、どこにも見つけることができなかった。

しょく人はものにつかれたように、うらの鬼《おに》ずいか畑《ばたけ》へ走った。どこにもあの銀色にかがやく角のくきは見あたらなかった。

それから「姫山《ひめやま》レストラン」の鬼ずいかのうわさはきかない。

鬼《おに》の笛《ふえ》

「ほい、むすこ。おまえと同じ日、同じ時間にうまれた人間がいるぞ。おまえといっしょに遊《あそ》ぶようにしてやるからな。ほおれ、見ておれ」

鬼《おに》が指《ゆび》さした先に小さな村があった。その村の長《おさ》の家に五番目の子がうまれた。太郎《たろう》だ。

鬼は太郎の親をうらやんだ。

――あの親はなんと子どもにめぐまれているんだろう。ひとりぐらい、わしの子になってくれてもいいではないか。

だが、なかなか太郎をひっさらうわけにはいかない。いつもたくさんの人間がまわりをうろついている。鬼といっても、みすみすあぶないところへ行くわけにはいかない。

長《おさ》の家には次々《つぎつぎ》と、子どもがうまれた。もう七人の子もちだ。

――何てめぐまれた親なんだ。太郎《たろう》がいなくなっても、あと六人。わしの子はたったひとり。ひとりぐらい、もらっても、ばちはあたるまい。

長の子どもたちはみんな元気で、家の内も外も、にぎやかなわらい声やなき声であふれている。かっぱつな太郎とおとなしいわが子を見くらべて、ますます鬼《おに》の心はさわぐ。だが、太郎のまわりにはいつも人間がいっぱい。

――どうしたものか。いい手はないかなあ。

いいきかいがやってきた。

太郎が母親とふたりで山菜《さんさい》とりにきたのだ。母親のあとになり、うしろになり、はしゃぎながらついてくる。

いつもいっしょにいる兄や姉たちは畑《はたけ》に、妹や弟は家でるす番だ。

「これはいい。太郎を母親からひきはなせばいい」

鬼は岩場に立って考えた。

――こんなときは気をしずめないと、しくじってしまう……。

こしにさしていた笛《ふえ》をとりだし、ふいてみた。鬼《おに》の笛は足の下に広がる谷や川、森や林の中にとけこんで、美《うつく》しい音色をかなでた。

ひゅる　るるー

ひゅる　るるー

そのとき、太郎《たろう》と母親の声がきこえた。

「かあさん！　きれいな音がするよ」

「そうかい。かあさんにはきこえないよ」

鬼は、

――しめた！

と、思った。

太郎には鬼の笛がきこえるのだ。

「これで、太郎をつれてかえれるぞ！」

太郎は五才のとき、ふしぎな笛の音をきいた。かあさんと山菜《さんさい》とりにいった日のことだ。

なだらかなけいしゃの山はだに、緑《みどり》の草が上まであがっている。太郎《たろう》の手のひらほどにもなったやまぶきの葉《は》だ。

「今年のやまぶきはりっぱなこと」

かあさんはこういって、ポキンポキンと折《お》っていく。太郎ははじめはかあさんについて、同じようにやまぶきをとっていた。

——あーあ、もっとおもしろいところ、ないかなあ。

谷のむこうに、岩がかさなって見える。いちばん大きな岩のあたりから、音がきこえる。

ひゅる　るるー

ひゅる　るるー

まつりの笛《ふえ》によくにた音だ。

「かあさん。きれいな音がきこえるよ。だれかが笛をふいているんだ」

かあさんはからだをかがめたまま、首をかしげた。

「笛なんて、きこえないよ」

——おかしいな？　こんなによくきこえるのに……。だれがふいているのかしら。

太郎《たろう》は笛《ふえ》の音にむかってあるきだした。谷へおりると、川には大きな岩が向こう岸までつづいていた。風が太郎のせをおす。風におされて、川をわたり、山道をのぼっていく。さっき、遠くに見えた岩場がすぐそこにあった。岩にはしめったこけがぎっしりはえている。妹のようにはいはいをしながら、上まであがった。あがりきると、平らな岩地があらわれた。白いころもの人がうしろむきで笛をふいている。

ひゅる　るるー

ひゅる　るるー

笛の音がやんだ。その人はゆっくりとこちらをむく。

頭には白い三角ぼうしをかぶり、長いひげをはやしたおじいさんだ。やさしい目で太郎にいう。

「ぼうや、よくきたね」

「うん」

太郎は大きく首をたてにふる。

おじいさんは笛を太郎によく見せてからいった。

「どうだい？　きれいな音だろう。いっしょにふいてみるかい？」

「え、ふけるの？」

「そうだよ。おまえなら、きっとじょうずにふけるよ」

そのときだった。

「太郎《たろう》、太郎、太郎！」

かん高い声がうしろからきこえた。

ふりむくと、かみの毛をふりみだし、あえぐように両手《りょうて》をふりあげたかあさんがいた。

「太郎、太郎、太郎。そこはあぶないのだよ。こっちへおいで。こっちへ」

「かあさーん」

太郎はかあさんのむねにとびこんだ。

それから、太郎はときどき笛の音をきく。

風にまじって、川の流《なが》れにあわせて、ことりのさえずりや木《こ》の葉《は》のまう音といっしょに、笛《ふえ》の音がきこえる。

ひゅる　るるー

ひゅる　るるー

おどろいて立ちどまる。だが、幼《おさな》いときのように追《お》っていくことはなかった。太郎《たろう》にはすることがいっぱいあったから。家の手伝《てつだ》いや、たくさんの妹や弟のおもり、ちょっと時間があると、ともだちと野山をかけめぐり、川で水遊《みずあそ》びにむちゅうになった。

秋まつりの日だった。

男の子たちはだんじりにのってたいこをたたく。だんじりにのれる年令《ねんれい》は九才。太郎は十三才になって、やっと選《えら》ばれた。村長《むらおさ》のむすこであっても、兄たちがおおすぎたからだ。

ばちをもつ手に、力が入る。

「よーいとさ」

ドン、ドン、ドン

ドン、ドン、ドン

いせいよくふりあげながら、太郎はうれしくてしかたがない。

なかよしの幸《さち》も見ている。役がすんだら、いっしょに夜店を見てまわるのだ。

声もどんどん大きくなった。

だんじりは山側《がわ》にある姫神社《ひめじんじゃ》からはじまって、村々をまわり、村の真《ま》ん中《なか》にある御子《みこ》神社でとまる。

御子神社のけいだいでは、だんじりはあらっぽくふり回され、たいこははげしくなりひびく。

ドドドン、ドン、ドン

ドドドン、ドン、ドン

太郎《たろう》たちは満身《まんしん》の力をこめてたたいた。

たかくあがっただんじりがストンと地面《じめん》におろされた。さいごにたいこがひときわ大きくなった。

ドドーンドン！

急《きゅう》に太郎のまわりがしずかになる。

ひゅる　るるー

何かきこえる。

ひゅる　るるー
なつかしい笛《ふえ》の音だ。

「何かきこえるよ……。ね、笛のような音だけど。まだたいこをたたくのかな？」

よこにいた子が首をかしげた。

「何もきこえないよ。これで、おわりだって」

だんじりの外から、男の人の声がする。

「ごくろうさん。はやくおりておいで。ごほうびがあるよ」

みんなはわれ先にだんじりからおりていく。太郎もあとにつづいた。耳元ではまた笛の音がする。

ひゅる　るるー
ひゅる　るるー
「たいしたもんだ！　わしのむすこにぴったりの、遊《あそ》び相手《あいて》になったもんだ。また長《おさ》の家に子どもがうまれたというじゃないか。うん、太郎をつれてきても、あの家にはあと十人も残《のこ》るわけだ。わしの子はたったひとり。ひとりぐらいつれてきても、ばちはあたるまい」

太郎《たろう》は笛《ふえ》の音をさがして、神社《じんじゃ》のうらてにまわった。

にぎやかな参道《さんどう》とはうらはらに、古木のつづく細道はしずかだった。うっそうとしげった葉《は》は木もれ日さえも通さない。うすやみのむこうから、美《うつく》しい笛の音がきこえてきた。

――この細い道を行けばいいんだな。

と、そのとき、太郎をよぶ声がした。

「太郎ちゃーん、太郎ちゃーん。そっちへ行っちゃだめ！」

ふりむくと、着物《きもの》すがたの幸《さち》が立っていた。太陽《たいよう》の光がさしたように、そこだけが明るい。

太郎ははっとした。

「あ、ごめん、ごめん。すごいいい笛の音がきこえたから……」

「何もきこえないわ。どうしたの？　太郎ちゃん。夜店はこっちだよ」

太郎は幸の手にひっぱられて、けいだいにもどった。わっと、さわがしい人の声やもの音。もう笛《ふえ》の音はきこえない。

太郎《たろう》も村の「わかしゅう」の仲間入《なかまい》りをした。

新入りのかんげいは、全員《ぜんいん》で行く山のぼりだった。けわしい道をすすんでいく。

もう何年もけいけんをつんだ、せんぱいが先頭をいった。

どんどん坂道《さかみち》をのぼる。草やぶの中からすず虫の声がきこえ、ふと顔をあげると、黄色くいろづいたいな田がまぶしかった。

太郎はこの村が好《す》きだ。だが、来年の春になると村を出ようと思う。

——都会《とかい》でしっかり生活ができるようになったら、幸《さち》をむかえにくるのだ。

太郎のからだじゅうがあつくなった。太郎のリュックには、幸のつくったべんとうが入っている。

尾根《おね》のとちゅうで、先頭のわか者《もの》がいった。

「いいながめだ。このあたりで昼飯《ひるめし》にしよう」

遠くにならぶ山々に、白い糸のような雲がいくえにもかさなって動《うご》いていく。

「きれいだねえ」

太郎《たろう》がつぶやく。

「上はもっときれいだよ。今日はいい天気だから、天上の湖《みずうみ》もしっかり見えるはずだ」

と、わか者《もの》のひとりがいった。

「今年は、山の神《かみ》がよろこんでいる」

「はじめてなのは太郎だったな。おまえ、山の神に気に入られたようだな」

「気をつけろよ」

「つれていかれるぞ」

昼食がすむと、しばらく尾根《おね》づたいにすすんだ。

どこからか、笛《ふえ》の音がきこえる。

ひゅる　るるー
ひゅる　るるー
「こんなに笛のよくひびく日に、太郎が近くにきてくれるとは願《ねが》ってもないこと！　いい音色をきかせてやろうぞ。今日こそ、太郎をわしのむすこの遊《あそ》び相手《あいて》にする。なあに、太郎《たろう》の家には十二人目がうまれたというではないか。ああ、わしの子は今だにたったのひとり。太郎ひとりぐらいつれてきても、ばちはあたるまい」

太郎は立ちどまった。

「どうした？」

「いや、ちょっとな」

「ああ、用たしなら、すんだら、追《お》ってこい。これからはまっすぐな道だからな」

太郎はうなずいた。

――そうじゃないんだ。きれいな笛《ふえ》の音がきこえるんだ。そんなことというと、きっと「何をばかげたことを……」というだろう。でも、見つけてみたい。こんなに近くにきこえるのははじめてだからな。

太郎は笛の音をさがして、早足になった。

ひゅる　るるー

ひゅる　るるー

「太郎《たろう》、太郎、こっちだ、こっちだ」

よびとめたのは見たこともないわか者《もの》だった。太郎とせかっこうや顔かたちがよくにている。寺の住《じゅう》しょくがかぶるようなふっくらとしたぼうしをかぶっていた。着物《きもの》の色は灰色《はいいろ》。目だけがぎょろりと大きかった。

「あの笛《ふえ》はおやじがふいているんだ。おれについてこい。きかせてやるから」

風が太郎のせをぽんとおした。太郎は走る。とぶように、ふたりは走る。谷へおり、川をこえ、山道をかけあがった。

目の前に、大きな岩があらわれた。

――あ、ここは……。

岩の上に老人がすわっていた。長くて灰色《はいいろ》のひげをはやしている。白い三角ぼうしに白いころも。手には笛をもつ。

――この人を……、ずっと昔《むかし》……、見たことがある。やっぱりゆめではなかったのだ。

老人が口を開いた。

「よくきたな、太郎。おまえを待《ま》っていたんだ。ほれ、おまえのさがしていた笛の音はこの音だろう」
ひゅるるる　るるー
ひゅるるる　るるー

わか者《もの》が耳元でささやいた。

「太郎《たろう》、ほんとにきてくれたんだね。ありがとう……」

わか者はかぶっていたぼうしをぬぐと、おじぎをした。

とたんに、太郎の目にうつったのが、頭の真《ま》ん中《なか》に若竹《わかたけ》のようにはえた角、一本。

――ああ、おれはやっぱり、ゆめを見てるんだ！

「ゆめじゃないよ、太郎。けど、おまえがさがしていたのは鬼《おに》の笛《ふえ》なんだよ。人間なんかにふけるものではない」

わか者の声をきいて、老人《ろうじん》は口から笛をはずした。ころものそでから、もう一本、笛をとりだす。

「ああ、そのとおりだ、太郎。こいつといっしょに笛をふいてみては？」

とりだした笛《ふえ》を太郎《たろう》にさしだした。

「ほれ、おまえの笛だ」

なんのへんてつもない、竹でつくった笛だ。

「おまえならすぐにじょうずになるぞ」

太郎のしんぞうがずきんずきんとなった。

——ああ、こんなにきれいな音を、おれがふけるとしたら……。

とうさんやかあさん、きょうだいや村のわかいしゅうたち、それに幸《さち》のよろこぶ顔が目にうかんだ。

「けど、おれなんかにふけるかな?」

「ふけるよ、太郎。おまえはずっと鬼《おに》の笛をさがしてきたんだから」

太郎は親鬼から鬼の笛をうけとった。


その日、太郎は山のキャンプ場にもどらなかった。

何日たっても、野や山や里に雪がふるようになっても、太郎は帰ってこない。

村人や友だち、とうさんやかあさんや十一人のきょうだいたち、幸もまたひっしになってさがしたが見つからなかった。
何年かすぎたころから、村にふしぎなうわさがながれた。
谷川や尾根《おね》や岩場で、ふたりのわか者《もの》が笛《ふえ》をふいていることがあるという。
そんな日はきまって、風が強い。
笛の音は遠くまでひびく。
ひゅる　るるー
ひゅる　るるー

おによろし

鬼《おに》の百《もも》が人間のわか者《もの》に恋《こい》をした。

人間の世界《せかい》へ入って、わか者とくらしたかった。

鬼の親は大反対《だいはんたい》だ。

「鬼ほど自由《じゆう》なものはない。山に谷に、野に川に、自由にかけることができる。人間にそんなことができるかい」

そんなものはいらない。ただ、ただ、わか者といっしょにくらしたかった。

「おまえは人間を知らなすぎる。人間というものは、むれをつくって、生活するのがつねなんだ。ほら、あのいじわるなおおかみのようにさ」

百《もも》は自由よりも、人間のようにむれをつくってくらすことにあこがれた。

百《もも》は鬼《おに》の山をおりた。

人間のわか者《もの》は美《うつく》しい百《もも》を見て、よめにしたいと思った。

ふたりは村人たちに祝《しゅく》されて、りっぱな結婚式《けっこんしき》をあげた。

百《もも》は鬼の山にむかって声をあげる。

「ほーれ、みろ。ちゃんとうまくいったじゃないか。あたしゃ、とてもしあわせな花よめだよ。みんな安心してくれ」

山からの返事《へんじ》はなかった。

よめになったとたんに、親が五組もできた。夫《おっと》の親に、名付《なづ》けの親に、拾《ひろ》われ親に、育《そだ》ての親に、なこうど親。

百《もも》はうれしくてたまらない。

田をたがやし、種《たね》をまき、いもをほり、飯《めし》をつくった。まきをあつめ、水をくみ、火をもやし、ふろをわかした。

山をかけることなど、あっさりわすれてしまった。

ひとり、ふたり、三人の子どもがうまれた。

五人、六人……、十人の子持《こも》ちになって、百《もも》は得意満面《とくいまんめん》だ。

子にちちをふくませ、かゆをつくり、こもりうたをうたった。糸をつむぎ、ぬのをおり、着物《きもの》をぬった。

谷をわたることなど、考えるひまもない。十人、二十人、いつのまにやら百人の孫《まご》にかこまれて、百《もも》は楽しくてしかたがない。

いっしょにうたい、おどり、かなでて、日がすぎていった。

百人の孫と野っ原を走っても、ひとりでねそべることなど、思いもよらないことだった。

百人、二百人、やがて千人のひ孫にめぐまれ、百《もも》のまわりはうれしいことでいっぱいだ。

「おおばあちゃんはおはじきじょうず、手まりもじょうず」

みんなにせがまれ、おはじきをつくり、てまりをあんで、大いそがしの毎日だ。

千人のひ孫と川で遊《あそ》んでも、カッパやようかいとはしゃぐことなど、すっかりわすれてしまった。

夫《おっと》を愛《あい》し、五組の親につかえ、十人の子どもを育《そだ》て、百人の孫《まご》とおどり、千人のひ孫と遊《あそ》んでいたら、とうとう百《もも》は百才になってしまった。

ふっと一息《ひといき》ついたとき、自分のおさない日のことが思いだされた。

――山や谷をかけ、どこへでもとんでいったものだ。野っ原にねそべり、星とかたり、ようかいたちと川遊びをしたっけ。

そのようすがきのうのようにまぶたにうかんだ。

遠くで、鬼《おに》のうたがきこえる。

オイヤー
おに
おによろし
おによろし

きままに

きらくに
きのむくままに
うたうがよろし
おどるがよろし
遊《あそ》ぶがよろし

オイヤー
おに
おによろし
おによろし

百《もも》の目の前に、鬼《おに》たちのすがたがせんめいにうかびあがった。

山をかけ、谷をわたり、野原にねそべり、川ではしゃぐ鬼たち。万華鏡《まんげきょう》になって、まわる、まわる……。

なつかしさが百《もも》のむねをうった。

――ああ、あたしも、好《す》きなときに、好きなところへいって、きままにくらして
みたいなあ。気のむくままに、おどったり、うたったり、遊《あそ》んでみたいなあ。

なにせ、もとは鬼《おに》の子の百《もも》だ。

昔《むかし》のように自由《じゆう》にとびまわりたい、山や谷や野や川をかけまわりたいと思うと、いてもたってもいられない。

ある日、百《もも》は、五組の親と、十人の子どもと、百人の孫《まご》と、千人のひ孫と、ひとりの夫《おっと》とにわかれを告《つ》げて、山や谷や野や川を自由にかけまわる旅《たび》に出た。


それから村にはときおり、風にふかれて、百《もも》のうた声がきこえてくるそうな。

オイヤー
おに
おによろし
おによろし

きままに
きらくに
きのむくままに
うたうがよろし
おどるがよろし
遊《あそ》ぶがよろし

オイヤー
おに
おによろし
おによろし

あとがき

鬼の話を書くようになったのは二十数年も前にさかのぼる。子育ても一段落し、塾講師という仕事も軌道に乗っている。念願の児童文学の出版も果たし、忙しさに追われる毎日だった。

子どもの頃から「一生懸命やっていたら何でも実現する」と思いこんでいた私である。念じれば山をも動くと信じるほどの楽天家だった。前向きでプラス思考はいいのだが、すぐに人を信じこんでしまう。そんな世間知らずの娘が結婚し、子をなし、育て、義父母につかえ、年を重ねていった。忙しさに追われて自分を顧みることなどできない日々がつづく。少しづつプラス思考がゆらいでいった。このままいくと自分は自分らしさを出すことなく、一生を終えてしまうのではないか？　いやこのまま頑張りつづけたら、ある日突然爆発してしまうのではないか？　幼いときに泣きわめいて親を困らせたような爆発ではすまないにちがいない。

私はお話のなかに今の自分を封じ込めようと思った。書いていくうちにおかしなことに気づくようになる。もしもこのような人間がいたら、世間の人々はどう思うだろう。世に受け入れられないことをいっぱい書いていたのである。

「そうだ。人間として物語るからおかしいのだ。鬼にしてしまえばいい」

こうして「鬼の話」が生まれていった。つぎからつぎへと書きたいことがいっぱいでてくる。自分のなかの爆発物が鬼に姿をかえてでてくる。

「モクの鬼《き》」もそのひとつである。当時妻として母として嫁としてさらに塾教師として、私は一生懸命いい人になろうとがんばっていた。心はいつも「あれもしていない、これもしていない」と自分を責めていた。その上「はじめてのホームラン」（旺文社）以後、第二作目もなかなか出版されない。決して書いていなかったのではないがなかなか出版には結びつかなかった。「もっと、もっと」と思う心を「モクの鬼《き》」に描いている。

「おによろし」もまた私の驚きの体験から生まれた物語だ。結婚すると、親は自分の父と母だけではなくなる。夫の両親や仲人をしていただいた方や、お世話になった方に親としてつかえなければならない。

いろいろな鬼を書いていくうちに気づくこともあった。

「自分の内に鬼をもっているのは私だけではないのだなあ」

そこから生まれたのが「花わかれ」。早世した母を想って書く。みんなから慕われていた母は苦労をおくびにもみせないで生き、死んだ人である。

父は母がなくなってから三十数年、ひとりぐらしをつづけ、九十六才で天寿を全うした。不器用な生き様をみていると、「鬼のクウ」が書きたくなった。気がいいばかりにできもしない仕事をひきうけ身体をこわしたり、セールスマンに「いらない」といえないばかりに読みもしない本をどっさり買い、使いもしないロッキングチェアを注文したりした。子どもたちに注意されるとしょんぼりする老いた父。彼のなかにも鬼がいたのだろう。

「鬼《おに》の助《すけ》」もまた友人の生き様に胸が痛んで書いた。ひとこと「君が好きだから」と言えばどんなにか楽になったことかと思われた。

他のどの作品にもモデルとなった人物がいる。

そんなおり、小松和彦氏の「鬼の玉手箱」（青玄社）を読んだ。

表題の玉手箱とはあの浦島太郎が竜宮からもちかえった「玉手箱」のことである。開けてもとの人間にもどってしまうのだが、その玉手箱の中にあったのは、太郎が人間として生きるべきこの世で失った時間だというのである。反対に鬼のほうがもし玉手箱をもっているとしたらそのなかにあるのは、鬼が失った歴史、つまりは人間であった時の歴史ではないか。それらを見つけ出し開けてみたい。見て見ぬふりをしている「負」の文化を掘り起こすことがそうした玉手箱を開けることになるのだと著者は言う。

さらにおもしろいことに言及していた。私たち自身が今生きているこの場を「内部」社会とすると、同時に「外部」社会で生きることはできない。つまり刑事ドラマのアリバイのようなものだ。「外」のことは「内」側にいて想像するしかない。「外部」をイメージとして個別化したものが神や鬼という形をとるのだと言う。

私はこの本をきっかけにして、鬼や妖怪や神々の本を多く読むようになった。

ある時、ふと思う。

「人の心に『内』と『外』があってもいいのではないか」

「内」にあって、親や夫や子を愛し世や人を想い懸命に働く。だがときどき「外」で遊びたいと思う。あれもしたいこれもしたいと想像する。想像しているときは「内」社会「表」舞台なのだ。いっぱい楽しみ遊んでもいいのではないか。

だが、一旦「外」に飛び出したとたんに表が裏にひっくり返る。つまり鬼になってしまうのだ。そのことを大半の人々は知っているのだと思う。

歴史の中には数多くの鬼がいる。鬼になった人々は何と魅力的でパワーにあふれていることだろう。日本武尊《やまとたけるのみこと》、聖徳太子、役小角《えんのおづぬ》、吉備真備《きびのまきび》、空海、菅原道真、阿倍晴明、俵藤太、平将門、酒呑童子、鬼女紅葉、八三郎婆、源義経、弁慶、甲賀三郎、日蓮、岩見重太郎たち。

さらに河童、海坊主、古木、一つ目小僧、牛鬼、板鬼、土蜘蛛、大蜘蛛、天狗、山姥、幽霊狸、篠崎狐といった妖怪たち。

そんな鬼たちの生まれ育った地に出かけて行きたくなった。私にとっては五月の連休明けの頃、夫や子どもたちが日常生活に戻る時がチャンスだった。数日間の非日常をもらい、岩手県遠野《とおの》、宮崎県高千穂、岡山県吉備《きび》、京都府大江、佐賀県吉野ヶ里遺跡、奈良県葛城《かつらぎ》、新潟県佐渡、岩手県北上、愛知県豊橋市中設楽《したら》、岐阜県飛騨、青森県山内丸山遺跡から恐山、和歌山県熊野などに出かけていった。

私は鬼を想像し物語ることによって自分のいらだちを払拭してきたように思う。怖れや不安や悲しみや辛さといった「負」の部分を自分のものとして受け入れるようになった気がする。

うもれてしまった歴史を想像することが、今を豊かな世界にするように、人もまた「外」「裏」「負」なる鬼を自分の中に見ることで、豊かな今をすごすことができるのではないだろうか。

人は鬼、鬼は人。

人と鬼を、誇らしく物語ろうぞ。

「おによろし」を世に送りだしてくださった「てらいんく」の佐相伊佐雄氏、すばらしい鬼を描いてくださった、かすみゆう氏に心からお礼を申し上げたい。

二〇〇九年初夏

畑中弘子

畑中弘子（はたなか　ひろこ）
奈良県生まれ。神戸市在住。日本児童文学者協会会員、日本児童文芸家協会会員。世界鬼学会会員。
主な著書に『魔女が丘のラベンダー塾』(文研出版)、『鬼の助』(てらいんく)、『わらいっ子』(講談社)『ワルルルさん』(くもん出版)などがある。

かすみ　ゆう
イラストレーター。
かすみ画房主宰。
1956年5月生まれ 双子座 O 型 八白土星 男
紙製品メーカーの企画デザイン室にてデザイナーの後、1987年、フリーランスイラストレーターとして独立。1999年夏、現住所にイラスト・オフィス かすみ画房を開設。また、モード学園にてパソコン、CGの指導にもあたる。2005年、脳出血に倒れ、利き手の左半身麻痺となるが、リハビリにて快復、現在に至る。
主な仕事　児童図書、月刊誌、カット集等のイラスト作画（小学館、PHP、登龍館等)。web掲載用イラスト等、作画。

おによろし
発行日　二〇〇九年八月一日　初版第一刷発行
著者　畑中弘子
挿画　かすみ　ゆう
発行者　佐相美佐枝
発行所　株式会社てらいんく
〒二一五-〇〇〇七　川崎市麻生区向原三-一四-七
TEL　〇四四-九五三-一八二八
FAX　〇四四-九五九-一八〇三
振替　〇〇二五〇-〇-八五四七二
印刷所　株式会社厚徳社
2009 Printed in Japan
 ISBN978-4-86261-053-9 C8093
落丁・乱丁のお取り替えは送料小社負担でいたします。
直接小社制作部までお送りください。